FICHE DE LECTURE

Document rédigé par Vincent Jooris
maitre en langues et littératures françaises et romanes
(Université catholique de Louvain)

Mémoires d'outre-tombe

Chateaubriand

lePetitLittéraire.fr

Chateaubriand
Écrivain et homme politique français

- **Né en 1768 à Saint-Malo**
- **Décédé en 1848 à Paris**
- **Quelques-unes de ses œuvres :**

  Atala (1801), roman

  René (1802), roman

  Mémoires d'outre-tombe (1848-1850), mémoires

François-René de Chateaubriand nait à Saint-Malo en 1768 dans une famille noble de négociants. L'adolescent solitaire grandit dans l'austère domaine de Combourg, entre sa sœur Lucile, un père hautain et une mère dévote.

Hésitant sur son avenir professionnel, il visite l'Amérique du Nord à vingt-trois ans. Exilé en Angleterre en 1793, ce royaliste condamne les violences de la Révolution. Revenu en France en 1800, il connait le succès littéraire et se rapproche du monde politique : un temps fasciné par Napoléon, il réprouve ensuite le Premier Empire. Sous la Restauration, il est ambassadeur, puis ministre des Affaires étrangères. Après la chute des Bourbons en 1830, il se réfugie dans ses souvenirs et défend les thèses légitimistes. Il meurt en juillet 1848, à l'aube de la Seconde République.

Mémoires d'outre-tombe
Le projet des Mémoires

- **Genre :** mémoires
- **Édition de référence :** *Mémoires d'outre-tombe*, Paris, Flammarion, coll. « Étonnants classiques », 2006, 142 p.
- **1re édition :** 1848-1850
- **Thématiques :** autobiographie, révolution, voyage, vie politique et sociale

Dès 1803, Chateaubriand avait déjà pour projet de rédiger ses mémoires dont il s'occupa par intermittence, lors de ses périodes d'inaction forcée. La première partie fut écrite entre 1811 et 1822, dans un premier jet intitulé *Mémoires de ma vie*. Le reste fut composé à partir de 1830, date à laquelle le projet des *Mémoires d'outre-tombe* se précisa.

Chateaubriand n'avait initialement prévu que trois parties correspondant aux époques de sa vie : sa jeunesse, sa carrière littéraire et sa carrière politique. Leur rédaction achevée, il ajouta une dernière partie, avant de revoir et d'étoffer les parties centrales.

En fin de compte, les *Mémoires* comprennent 42 livres répartis en quatre tomes et suivis d'une longue conclusion. Leur parution posthume (1848-1850) – en feuilleton dans la presse – succède à 45 ans de maturation et d'élaboration.

RÉSUMÉ

PRÉFACE TESTAMENTAIRE

Chateaubriand ajoute ce texte liminaire à l'approche de ses soixante-dix-huit ans. Il y explique que les différentes parties de ses *Mémoires* correspondent aux différentes étapes de sa vie. Il évoque également les difficultés rencontrées pour organiser leur publication posthume et pour préparer son propre tombeau.

PREMIÈRE PARTIE

Livres 1-2 (1768-1783)

Chateaubriand parle de La Vallée-aux-Loups, le domaine qu'il a acheté pour ses vieux jours. Ensuite, il évoque ses racines nobiliaires et les soucis d'héritage de ses ancêtres, qui les ont progressivement menés à la ruine.

C'est dans ce contexte que René, le père de l'auteur, décide de quitter sa famille en s'engageant dans la marine française. Après cette carrière militaire, il fait fortune aux Amériques, par différents commerces, avant de s'installer à Saint-Malo. François-René décrit son père comme un être taciturne et rigide. Ce personnage contraste avec la mère de l'écrivain, Apolline de Bedée, une femme imaginative, cultivée et vive, mais petite et laide, et que la vie avec cet homme froid a rendue peu à peu mélancolique.

L'auteur évoque ensuite la naissance de ses frères et sœurs, dont seuls survécurent Jean-Baptiste et quatre filles. François-René est le dernier de la fratrie. Il est très proche de sa sœur Lucile. C'est un enfant rêveur, dissipé à l'école, qui grandit dans un univers morose. On l'inscrit au collège de Dol puis à Rennes, tandis qu'il passe ses vacances dans le domaine familial de Combourg.

Livre 3 (1783-1786)

Chateaubriand se rappelle ses rêveries d'adolescent, ses délires amoureux ainsi que ses premières inspirations poétiques. Ensuite, le jeune homme entre à l'armée. Avant de partir, il a une entrevue avec son père, qu'il voit pour la dernière fois.

Livres 4-5 (1786-1791)

François-René relate son arrivée dans la capitale, le décès de son père et sa vie de garnison. On le présente à la cour et il s'initie à la vie littéraire parisienne. Les prémices de la Révolution se manifestent et Chateaubriand ne revient à Paris qu'en juin 1789. Il narre la prise de la Bastille, son effet sur la cour de France, décrit l'assemblée constituante et Robespierre (homme politique français, 1758-1794).

Livres 6-8 (1791-1792)

Sur un coup de tête, François-René embarque à Saint-Malo, passe par l'Angleterre et arrive sur la côte Est de l'Amérique. Il dépeint les autochtones qu'il rencontre et distingue les différentes tribus. La nature splendide et sauvage est parfois dangereuse. Il parcourt ainsi le continent, allant du Niagara à la Floride.

Livres 9-12 (1792-1800)

Lorsque François-René revient en France, la Révolution a bien changé. À cause des réformes (suppression des droits féodaux, confiscation des propriétés), il manque d'argent. Il se marie : cette union est pour lui un arrangement financier. Il vit très peu avec sa femme, Céleste. Il décrit les égarements politiques, le club des Cordeliers (club révolutionnaire français), les orateurs et Marat (homme politique français, 1743-1793). Il sert l'armée des émigrés (défendant les intérêts de l'aristocratie et de la royauté), puis, après leur défaite à Valmy, il se réfugie en Angleterre dans de tristes conditions de vie. Son frère Jean-Baptiste est guillotiné : sa famille est détruite. Il passe en revue la littérature anglaise (Shakespeare, 1564-1616 ; Byron, 1788-1824 ; Walter Scott, 1771-1832, etc.).

DEUXIÈME PARTIE

Livres 13-18 (1800-1814)

En mai 1800, Chateaubriand décide de revenir en France. À Paris, il observe les changements de la société. Il publie *Atala ou les Amours de deux sauvages dans le désert* (1801) : sa carrière littéraire commence et il devient célèbre. Paraissent également *René ou les Effets des passions* (1802) et *Le Génie du christianisme* (1802).

Il obtient un poste de secrétaire de légation à Rome, auprès du cardinal Fesch (1763-1839), le nouvel ambassadeur. Son séjour dans la ville éternelle est endeuillé par les morts de Pauline de Beaumont et de Lucile. Il raconte aussi l'exécution du duc d'Enghien (1804), qui marque un tournant dans la psychologie de Bonaparte et annonce le régime impérial. Il démissionne. À partir du printemps 1804, François-René retrouve la compagnie de sa femme en France. En juin 1806, il effectue un voyage en Méditerranée et au Proche-Orient. *Les Martyrs ou le Triomphe de la foi chrétienne* paraissent en 1809, suivis d'*Itinéraire de Paris à Jérusalem* (1811).

TROISIÈME PARTIE

Livres 19-24 (Vie de Napoléon)

Chateaubriand se fait le biographe de Napoléon, de sa naissance à sa mort. Certains épisodes l'inspirent beaucoup : l'expédition en Égypte (1798-1799), romanesque, et la campagne de Russie (1812), tragique. Les armées européennes sont victorieuses à Waterloo (1815). Le livre 24 juge Bonaparte, son caractère, son influence et ce qu'il a laissé à la France.

Livres 25-33 (1815-1830)

Une fois restauré le régime des Bourbons, Chateaubriand entame une réelle carrière politique. Il est nommé ministre d'État et pair de France. Écarté de ce poste (à cause du pamphlet *De la Monarchie selon la Charte*, 1816), il s'engage aux côtés des ultraroyalistes. Il est nommé ministre de

France à Berlin (1820), ambassadeur en Angleterre (1822), puis ministre des Affaires étrangères (1823-1824). Enfin, il devient ambassadeur à Rome (1828) : cette nomination est l'occasion de décrire à nouveau la capitale du monde chrétien, la cour pontificale et la société romaine. Il démissionne à l'avènement du ministère Polignac. François-René correspond avec Mme de Récamier (femme de lettres française, 1777-1849). Le poème en prose *Les Natchez* est publié en 1826. La révolution de Juillet (1830) l'incite à abandonner la politique.

QUATRIÈME PARTIE

Livres 34-41 (1830-1833)

Chateaubriand séjourne en Suisse. Il se rend une première fois à Prague à l'occasion d'un dernier combat public, au service de la duchesse de Berry. Il réside aussi à Venise et dépeint la cité des Doges. Sa mission en Bohême échoue et il retourne à Paris (1833).

Livre 42 (1837)

Ce livre consiste en une série de portraits politiques (Louis-Philippe, roi de France, 1773-1850 ; Thiers, homme politique, journaliste et historien français, 1797-1877 ; La Fayette, homme politique français, 1757-1834, etc.) et culturels (comme George Sand, femme de lettres française, 1804-1876).

Conclusion

L'écrivain pose un diagnostic désabusé sur la France et son époque. Il comprend bien que le vieil ordre européen a disparu et que l'avenir reste incertain. Il décrit les différentes factions politiques qui naissent et s'animent, les préludes de la pensée socialiste. Enfin, il revient sur lui-même, sur ce qu'il a vécu et sur le projet des *Mémoires*.

CLÉS DE LECTURE

UNE ŒUVRE À LA CROISÉE DES GENRES

Autobiographie ou mémoires ?

Le terme « autobiographie » signifie « écrire sur sa propre vie ». L'auteur raconte sa vie passée en insistant non seulement sur ses actes, mais surtout sur ses pensées, ses sentiments intimes et ses impressions personnelles. L'autobiographie désigne tout récit rétrospectif et chronologique de la vie privée d'un individu qu'il rédige lui-même. Parmi les exemples les plus célèbres se trouvent les *Confessions* (1782) de Jean-Jacques Rousseau (écrivain français, 1712-1778) et *Histoire de ma vie* (1825) de Casanova (aventurier et écrivain italien, 1725-1798).

En revanche, les mémoires se focalisent sur la vie politique, sociale ou professionnelle d'une personnalité. Ils sont le témoignage d'un individu représentatif de son époque et qui a contribué à l'histoire de son temps. C'est pourquoi les mémorialistes parlent avant tout de leur vie publique et accordent peu de place à leur vie privée. Ce genre compte notamment les *Mémoires* (1717) du Cardinal de Retz (1613-1679) et les *Mémoires* (1830) de Saint-Simon (mémorialiste français, 1675-1755).

La particularité de ce texte de Chateaubriand est qu'il est tantôt l'œuvre d'un autobiographe, tantôt celle d'un mémorialiste. Cet amalgame s'explique de plusieurs façons :

- le terme d'« autobiographie » est encore inusité lorsque Chateaubriand écrit tandis que le titre de « mémoires » est employé pour désigner un recueil de souvenirs ;
- la rédaction s'est accomplie sur une durée telle que l'objectif littéraire a pu lui-même changer plusieurs fois. À cause de ces modifications de perspective, les variations et les adaptations étaient inévitables ;
- Chateaubriand entend retracer l'ensemble de sa vie, de sa naissance à sa mort. C'est pourquoi la première partie de l'ouvrage, consacrée à sa jeunesse, est nettement plus autobiographique. Mais quand l'auteur devient un personnage public, le récit tend naturellement vers celui d'un mémorialiste ;
- Chateaubriand considère, peut-être avec orgueil, que sa vie est le miroir des drames de son siècle. Il revendique une similitude entre son existence et son époque, d'où l'entremêlement de sa destinée personnelle avec les évènements de l'histoire de France.

Des traits de l'historiographie, du journal intime et du récit de voyage

À ces deux genres s'ajoutent encore d'autres types de textes :

- l'historiographie. En effet, Chateaubriand interrompt son récit à plusieurs reprises au profit d'analyses historiques, de portraits ou d'états des lieux. Par exemple, il décrit longuement la société anglaise (livre 12) et il consacre une partie de son œuvre à la vie de Bonaparte (livres 19-21). Quant aux épisodes du Consulat, de l'Empire et des Cent-Jours, l'auteur compile les relations de témoins directs, car lui-même n'a pas participé à ces évènements. Signalons encore le livre entièrement dédié à la biographie de Mme Récamier, retiré de la version définitive des *Mémoires d'outre-tombe* ;
- le journal intime, une autre forme de récit personnel qui se présente sous la forme de notes tenues au jour le jour et de commentaires divers. Leur rédaction suit immédiatement les faits qui viennent de se dérouler – importants ou anodins – ainsi que les pensées du moment. Dès lors, la narration est fragmentée, discontinue, éclatée. Cela dit, ce compte-rendu instantané favorise naturellement davantage de spontanéité.
  Ce genre caractérise la quatrième partie de l'œuvre, lorsque l'auteur évoque son voyage à Prague et son séjour à Venise : « Je continuerai donc d'écrire les choses du moment actuel de ma vie, je ferai connaître ces choses par les lettres qu'il m'arrivera d'écrire sur les

chemins et pendant mes divers séjours ; je lierai les faits intermédiaires par un journal qui remplira les temps laissés entre les dates de ces lettres. » (livre 34) ;

- enfin, le récit de voyage, qui relate quant à lui la confrontation du narrateur à d'autres cultures et/ou à des environnements nouveaux. Dans les *Mémoires d'outre-tombe*, ce genre domine certains passages. Par exemple, les livres 6 à 8 sont entièrement consacrés à ses pérégrinations américaines (comme son *Voyage en Amérique*, 1827).

Bref, les *Mémoires d'outre-tombe* sont une œuvre protéiforme, tenant à la fois de l'autobiographie, des mémoires, de l'historiographie, du récit de voyage et du journal intime.

LES FAILLES DU PACTE AUTOBIOGRAPHIQUE : QUI EST « JE » ?

Les récits de vie reposent sur une promesse – préalable et unilatérale – de l'écrivain envers le lecteur : si l'auteur, le narrateur et le protagoniste de l'histoire ont le même nom, c'est parce qu'il s'agit bien d'une seule et même personne. Cela suppose en quelque sorte un contrat de confiance quant à l'identité de celui qui raconte, ce qu'on appelle le pacte autobiographique.

Sur ce point, l'auteur est censé s'engager entièrement et sans équivoque, comme s'il prêtait serment : « Je jure de dire la vérité, toute la vérité, rien que la vérité. » Mais cette exigence d'authenticité est souvent difficile à atteindre, et ce pour quatre raisons.

La mémoire reste le matériau principal

L'écrivain reste tributaire de sa mémoire, machine défaillante et pleine de lacunes. En effet, l'auteur ne peut pas se rappeler d'absolument tout. Une partie de ses souvenirs sont des évocations conscientes. D'autres surgissent sous la forme de réminiscences, grâce à des sensations familières, d'imprévus stimulis : une image, une odeur, un son, etc. Par exemple, le chant d'une grive à Montboissier rappelle à Chateaubriand le domaine de Combourg. Enfin, d'autres souvenirs, erronés, sont le fruit de confusions. Tout le reste, les moments flous et ce dont l'écrivain ne se souvient pas au moment de l'écriture, est oublié à jamais.

L'écriture du passé dépend de la situation présente

Celui qu'on a été n'est pas le même que celui qu'on est devenu. Inévitablement, il existe un fossé entre le « je » d'autrefois et le « je » d'aujourd'hui. Les évènements de la vie, qui se produisent de façon plutôt fortuite, ont souvent creusé un abime entre les deux. Si l'on prend Chateaubriand comme exemple, qu'y a-t-il de commun entre l'adolescent breton et l'ambassadeur de Louis XVIII (roi de France, 1755-1824) ? « Combien rapidement et que de fois nous changeons d'existence et de chimère. [...] L'homme n'a pas une seule et même vie, il en a plusieurs mises bout à bout, et c'est sa misère » (livre 3), explique l'auteur.

Quand il interroge ses souvenirs, l'écrivain réorganise sa vie de deux manières :

- s'il inventorie les faits et les pensées qui ont marqué son existence, c'est pour leur donner un sens. Consciemment ou non, il les enchaine donc les uns aux autres comme s'ils convergeaient tous vers la même destinée, de façon linéaire. Ainsi, la plupart des auteurs relient les uns aux autres les « moi » successifs par un fil continu, transformant ainsi leur vie en une histoire ;
- quand la personne devient un personnage, le risque est grand de se présenter comme un individu au profil régulier, toujours égal à lui-même. D'une existence en apparence émiettée et changeante, l'auteur construit un bloc homogène, cohérent et permanent. Il reconstitue littéralement son passé, comme s'il avait toujours été le même, immuable. À l'occasion, l'auteur peut prendre la pose et, quand de surcroit il s'agit d'un chef politique ou d'un grand artiste, il s'enferme parfois dans un stéréotype en voulant faire de sa vie un mythe. Ainsi, Chateaubriand se met en scène : il joue tour à tour le cadet mal-aimé, le jeune rêveur, l'écrivain solennel, le défenseur des Bourbons et l'ambassadeur de qualité.

Bref, souvent, le passé est relu à la lumière du présent, c'est-à-dire en fonction de l'objectif d'écriture. Le discours rétrospectif oriente et uniformise le passé.

Singulièrement, Chateaubriand est conscient de ce phénomène, même s'il ne peut l'empêcher. Chez lui, parfois, le passé et le présent se télescopent, et l'auteur éprouve comme un vertige : il mesure ce hiatus, le gouffre, parfois angoissant, qui le sépare de sa vie passée. Par ce va-et-vient, il perçoit bien les brisures des différents âges de sa vie :

> « Les événements variés et les formes changeantes de ma vie entrent ainsi les uns dans les autres : il arrive que, dans les instants de mes prospérités, j'ai à parler du temps de mes misères, et que, dans mes jours de tribulations, je retrace mes jours de bonheur. Les divers sentiments de mes âges divers, ma jeunesse pénétrant dans ma vieillesse, la gravité de mes années d'expérience attristant mes années légères ; les rayons de mon soleil, depuis son aurore jusqu'à son couchant, se croisant et se confondant comme les reflets épars de mon existence, donnent une sorte d'unité indéfinissable à mon travail : mon berceau à ma tombe, ma tombe à mon berceau. (Préface testamentaire)

Aussi, grâce au procédé de réminiscence évoqué plus haut, Chateaubriand ne peut-il pas voir un lieu sans se rappeler un autre lieu. Par exemple, un coucher de soleil à Venise sur le Grand Canal le ramène aux savanes floridiennes. De même, il ne peut pas vivre un instant sans en revivre un autre. Les drames d'aujourd'hui font échos aux gloires d'antan, et inversement. Quand Chateaubriand, ambassadeur du roi de France, est fêté à Londres, il pense inévitablement à l'émigré qu'il fut dans cette même capitale en 1793.

Très fréquemment, le moment présent et le souvenir coïncident, voire se superposent. Voilà pourquoi l'écriture de Chateaubriand ressemble à un palimpseste (manuscrit ancien dont on a gratté l'écriture pour écrire à nouveau sur le parchemin ; parfois le texte antérieur reste lisible en filigrane).

L'envie de plaire peut primer sur la sincérité

Personne n'aime se montrer sous un aspect défavorable. Il s'agit peut-être de vanité ou d'orgueil mais, de temps à autre, on préfère « s'arranger avec la vérité » : tantôt embellir telle réalité quotidienne, tantôt dissimuler tel fait peu avantageux.

Chateaubriand ne recherche quant à lui ni la franchise impudique ni le réalisme cru. Sur certains points, il reste discret. Ce qui l'intéresse, c'est avant tout d'écrire pour se connaitre lui-même, se livrer au charme de ses souvenirs et méditer sur ses chimères : « Je ne dirai de moi que ce qui est convenable à ma dignité d'homme et, j'ose le dire, à l'élévation de mon cœur. Il ne faut présenter au monde que ce qui est beau. » (Première préface)

L'auteur manque toujours de temps et d'énergie

Raconter chaque instant de sa vie, transcrire le moindre souvenir serait trop fastidieux, voire techniquement impossible. C'est pourquoi le narrateur doit opérer une sélection, en fonction de ses préférences ou de ses choix d'écriture. Certains évènements sont mis en exergue, tandis que d'autres sont omis. Même si Chateaubriand a noirci de très nombreuses pages, il n'a pas pu tout dire : « Si telle partie de ce travail m'a plus attaché que telle autre, c'est ce qui regarde ma jeunesse, le coin le plus ignoré de ma vie. Là, j'ai eu à réveiller un monde qui n'était connu que de moi. » (Préface testamentaire)

UNE PHILOSOPHIE DE L'HISTOIRE

D'une certaine façon, le narrateur des *Mémoires d'outre-tombe* contemple le spectacle du temps qui passe – les motifs du vieillissement, de l'automne et de la mort sont d'ailleurs récurrents – et est par conséquent le témoin des bouleversements sociopolitiques de son époque : « Je me suis rencontré entre deux siècles comme au confluent de deux fleuves : j'ai plongé dans leurs eaux troublées, m'éloignant à regret du vieux rivage où j'étais né et nageant avec espérance vers la rive inconnue où vont aborder les générations nouvelles. » (Conclusion)

De cette observation découle une perception de l'histoire propre à Chateaubriand qui constate que « tout change à tout moment et toujours » (livre 39). Pour lui, l'histoire est une succession infiniment répétée de mutations : la fin apparente d'une évolution n'est que le début d'un nouveau processus. Ce qui explique la fréquence des mots comme commencer, finir, même, autre, encore, naitre, mourir, etc.

Mais ces mutations sont-elles de simples transformations ou bien des dégradations ? À certains moments, Chateaubriand envisage ces faits sous un angle positif. Par exemple, le jeune voyageur perçoit l'avènement d'une ère nouvelle sur les ruines de l'ancien monde : il s'enthousiasme pour un esprit-principe, un génie sous-jacent à la vie de la civilisation. Mais ensuite, il remarque surtout l'irrémédiable usure des êtres et l'accumulation des disparus : « À l'époque actuelle tout est décrépit dans un jour, qui vit trop meurt vivant. » (livre 24) C'est alors l'impression de dégénérescence qui domine (répétitions de « ne...plus ») et Chateaubriand s'abandonne à l'implacable fatalité. C'est donc une conception pessimiste du changement qui l'emporte.

Dès lors, l'écrivain assiste à la médiocre comédie de l'histoire. Les grands tableaux épiques et tragiques des deux premières parties s'évanouissent : la Restauration contrefait l'Ancien Régime, les évènements de 1830 singent ceux de 1789, la société n'est plus menée que par les pâles reflets des hommes illustres qui les ont précédés (Mirabeau, écrivain français, 1749-1791 ; Danton, homme politique français, 1759-1794 ; Bonaparte, etc.), etc. « Dans ce pays fatigué, les plus grands événements ne sont plus que des drames joués pour notre divertissement : ils occupent le spectateur tant que la toile est levée et, lorsque le rideau tombe, ils ne laissent qu'un vain souvenir » (livre 33), explique Chateaubriand.

UNE PARUTION POSTHUME

Plusieurs motivations, souvent concomitantes, poussent un auteur à entreprendre la rédaction de sa vie :

- une certaine dose de narcissisme le fait sans doute s'intéresser à ce qu'on dira de lui : il construit son image pour la postérité ou justifie ses actes (livre 11) ;
- c'est peut-être par pure nostalgie que l'auteur veut faire revivre des souvenirs personnels ;

- il peut également chercher à mieux se connaitre et, à travers l'exemple de sa vie, comprendre la nature humaine;
- enfin, il tient aussi souvent à apporter un témoignage sur son époque et sa société.

Or le titre que Chateaubriand donne à ses écrits nous indique des intentions supplémentaires: il choisit le nom de *Mémoires d'outre-tombe* et décide qu'ils ne seront publiés qu'après sa mort. Ce geste révèle un programme d'écriture propre à Chateaubriand. Il veut:

- être plus fort que la mort. La vie de Chateaubriand est un chapelet d'effigies glacées: au fil des pages se succèdent les décès d'êtres chers et des grands de ce monde. Il se recueille souvent sur des tombes, qui jalonnent son histoire. Inéluctable, la mort affecte profondément l'écrivain. Ce spectre qui engloutit le temps et les choses ne cesse jamais de le hanter et de l'inspirer. L'observation consciente de la décrépitude se mue parfois en une obsession macabre, encore plus dans ses derniers livres et dans l'avant-propos où il évoque sa sépulture.
  Mais, d'une certaine façon, Chateaubriand se mesure à la grande faucheuse. À sa manière, il la provoque en duel. Le défi que l'écrivain se donne est de laisser une trace, de survivre par l'écrit: quand on ne sombre pas dans l'oubli, on n'est pas tout à fait enseveli. Ce travail concerne aussi son entourage: en remontant le cours de sa vie, l'auteur ranime et perpétue le souvenir de ses proches. Grâce à l'art, il exorcise cette peur du vide. Ainsi, Chateaubriand entend répondre à l'anéantissement par la création, même s'il sait la relative vanité

de l'entreprise : « Ces mémoires seront un temple de la mort élevé à la clarté de mes souvenirs. » (livre 1) ; « Moi qui me débats contre le temps, moi qui cherche à lui faire rendre compte de ce qu'il a vu [...], que suis-je entre les mains de ce Temps, de ce grand dévorateur des siècles ? » (livre 22) ;

- produire une autobiographie complète et entière. En général, deux moments échappent toujours à l'autobiographe : la naissance, dont l'auteur ne se souvient pas, et la mort, qu'il n'a pas encore connue. Mais en incluant le terme fatal dans son récit, Chateaubriand prétend à un point de vue privilégié. Son regard englobe la totalité de sa vie. Son œuvre est close, cohérente et accomplie : « Il m'en coûterait d'étouffer cette voix lointaine qui sort de la tombe » (Préface testamentaire) ; « [les lecteurs] se doivent souvenir qu'ils n'entendent que la voix d'un mort » (livre 3) ;
- mythifier son personnage. La prosopopée est une figure de rhétorique qui consiste à évoquer ce que dirait une personne morte si elle était encore présente au moment de l'énonciation. Il s'agit souvent de personnages importants de l'histoire universelle : rois, empereurs, grands artistes, illustres penseurs, etc. S'adressant à nous depuis l'outre-tombe, Chateaubriand s'aligne sur ces immortels qui surplombent l'humanité. C'est aussi avec un certain orgueil qu'il se place dans une telle situation. « On m'a pressé de faire paraître de mon vivant quelques morceaux de ces *Mémoires* ; je préfère parler du fond de mon cercueil ; ma narration sera alors accompagnée de ces voix qui ont quelque chose de sacré, parce qu'elles sortent du sépulcre » (Préface testamentaire), explique-t-il.

PISTES DE RÉFLEXION

QUELQUES QUESTIONS POUR APPROFONDIR SA RÉFLEXION…

- Chateaubriand a consacré au moins dix-huit années de sa vie à la rédaction des *Mémoires d'outre-tombe*. Citez d'autres écrivains qui ont engendré une œuvre à la suite d'une très longue phase d'écriture et comparez leur entreprise à celle de Chateaubriand.
- L'écrivain raconte aussi l'histoire de l'œuvre qu'il est en train de composer. Trouvez d'autres mises en abyme de ce genre dans la littérature française et européenne.
- En quoi l'épisode de la grive de Montboissier fait-il penser à celui de la madeleine de Proust (écrivain français, 1871-1922) ?
- Quels points communs peut-on trouver entre les *Mémoires* et des épitaphes ?
- Comparez plusieurs définitions du romantisme. Par quels aspects la vie et l'œuvre de Chateaubriand correspondent-elles à ce concept ?
- Quelle influence Chateaubriand a-t-il eu sur les auteurs qui lui ont succédé ? Documentez-vous et citez vos sources.
- Pourquoi peut-on dire que Chateaubriand voit son œuvre comme un monument en chantier ? Étayez votre réponse par au moins un extrait pertinent.
- Comment qualifieriez-vous le style de Chateaubriand ? Quelle est votre impression sur sa façon de s'exprimer ?

- Au fil de votre lecture, relevez des vocables qui se distinguent de ce qu'on pourrait appeler le français standard : néologismes, termes rares, archaïsmes, mots inusités, termes exotiques, dialectaux, techniques, etc.

POUR ALLER PLUS LOIN

ÉDITION DE RÉFÉRENCE

- Chateaubriand F.-R., *Mémoires d'outre-tombe*, présentation de Perot N., Paris, Flammarion, coll. « Étonnants Classiques », 2006.

ÉTUDES DE RÉFÉRENCE

- Chateaubriand F.-R., *Mémoires d'outre-tombe*, présentation de Berchet J.-C., Paris, Le Livre de Poche, coll. « Classiques de Poche », 2000.
- Brix M., « Chateaubriand», in *Patrimoine littéraire européen. 10. Gestation du romantisme*, Bruxelles, De Boeck Université, 1998, p. 978-988.
- Beaumarchais J.-P. et Couty D., « *Mémoires d'outre-tombe* » in *Dictionnaire des grandes œuvres de la littérature française*, Paris, Larousse-VUEF, 2001, p.799-803.
- Puzin C., René, Mémoires d'outre-tombe. *Chateaubriand*, Paris, Hatier, coll. « Profil d'une œuvre », 2002.

SUR LEPETITLITTÉRAIRE.FR

- Commentaire sur les funérailles d'*Atala* de Chateaubriand
- Fiche de lecture sur *Atala*
- Fiche de lecture sur *René* de Chateaubriand
- Questionnaire de lecture sur *Atala*

Gaudé
- La Mort du roi Tsongor
- Le Soleil des Scorta

Gautier
- La Morte amoureuse
- Le Capitaine Fracasse

Gavalda
- 35 kilos d'espoir

Gide
- Les Faux-Monnayeurs

Giono
- Le Grand Troupeau
- Le Hussard sur le toit

Giraudoux
- La guerre de Troie n'aura pas lieu

Golding
- Sa Majesté des Mouches

Grimbert
- Un secret

Hemingway
- Le Vieil Homme et la Mer

Hessel
- Indignez-vous !

Homère
- L'Odyssée

Hugo
- Le Dernier Jour d'un condamné
- Les Misérables
- Notre-Dame de Paris

Huxley
- Le Meilleur des mondes

Ionesco
- Rhinocéros
- La Cantatrice chauve

Jary
- Ubu roi

Jenni
- L'Art français de la guerre

Joffo
- Un sac de billes

Kafka
- La Métamorphose

Kerouac
- Sur la route

Kessel
- Le Lion

Larsson
- Millenium I. Les hommes qui n'aimaient pas les femmes

Le Clézio
- Mondo

Levi
- Si c'est un homme

Levy
- Et si c'était vrai...

Maalouf
- Léon l'Africain

Malraux
- La Condition humaine

Marivaux
- La Double Inconstance
- Le Jeu de l'amour et du hasard

Martinez
- Du domaine des murmures

Maupassant
- Boule de suif
- Le Horla
- Une vie

Mauriac
- Le Nœud de vipères

Mauriac
- Le Sagouin

Mérimée
- Tamango
- Colomba

Merle
- La mort est mon métier

Molière
- Le Misanthrope
- L'Avare
- Le Bourgeois gentilhomme

Montaigne
- Essais

Morpurgo
- Le Roi Arthur

Musset
- Lorenzaccio

Musso
- Que serais-je sans toi ?

Nothomb
- Stupeur et Tremblements

Orwell
- La Ferme des animaux
- 1984

Pagnol
- La Gloire de mon père

Pancol
- Les Yeux jaunes des crocodiles

Pascal
- Pensées

Pennac
- Au bonheur des ogres

Poe
- La Chute de la maison Usher

Proust
- Du côté de chez Swann

Queneau
- Zazie dans le métro

Quignard
- Tous les matins du monde

Rabelais
- Gargantua

Racine
- Andromaque
- Britannicus
- Phèdre

Rousseau
- Confessions

Rostand
- Cyrano de Bergerac

Rowling
- Harry Potter à l'école des sorciers

Saint-Exupéry
- Le Petit Prince
- Vol de nuit

Sartre
- Huis clos
- La Nausée
- Les Mouches

Schlink
- Le Liseur

Schmitt
- La Part de l'autre
- Oscar et la Dame rose

Sepulveda
- Le Vieux qui lisait des romans d'amour

Shakespeare
- Roméo et Juliette

Simenon
- Le Chien jaune

Steeman
- L'Assassin habite au 21

Steinbeck
- Des souris et des hommes

Stendhal
- Le Rouge et le Noir

Stevenson
- L'Île au trésor

Süskind
- Le Parfum

Tolstoï
- Anna Karénine

Tournier
- Vendredi ou la Vie sauvage

Toussaint
- Fuir

Uhlman
- L'Ami retrouvé

Verne
- Le Tour du monde en 80 jours
- Vingt mille lieues sous les mers
- Voyage au centre de la terre

Vian
- L'Écume des jours

Voltaire
- Candide

Wells
- La Guerre des mondes

Yourcenar
- Mémoires d'Hadrien

Zola
- Au bonheur des dames
- L'Assommoir
- Germinal

Zweig
- Le Joueur d'échecs

Et beaucoup d'autres sur lePetitLittéraire.fr

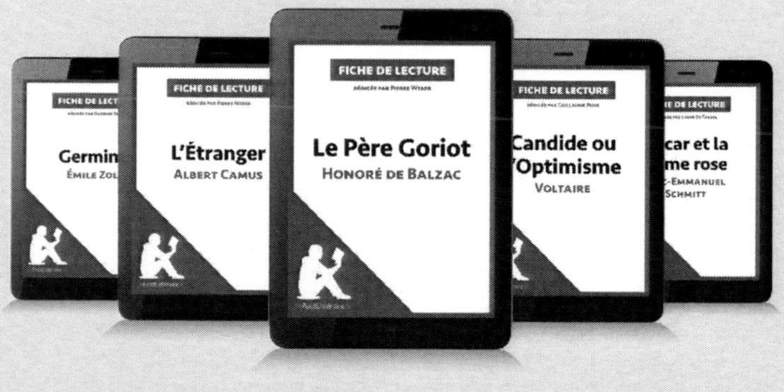

www.lepetitlitteraire.fr

ISBN version imprimée : 978-2-8062-5221-0
ISBN version numérique : 978-2-8062-5177-0
Dépôt légal : D/2013/12.603/85